हवलदार बहादुर और नेपाली ठग
चित्रांकन: बेदी
कहानी: विनय प्रभाकर
एक रात —
बू...हू...हू...!
बहुत सर्दी है। जाड़ों में नाइट ड्यूटी लगाकर दुश्मनी निकाली है मुझसे खड़गसिंह ने।
तभी—
आंय! यह वहां कहां जा रिया है?
हवलदार बहादुर ने निकट पहुंचकर पाइप पर डंडा बजाया —
अबे ओये, नीचे आ जा।
टन... टन...
वह व्यक्ति घबरा गया और उसके हाथों से पाइप छूट गया।
हाय! मर गया।
धाड़
ही-ही-ही! चोट तो नहीं आई संतरी जी?
संतरी होगा तेरा बाप। मैं हवलदार हूं साले। बता, पाइप पर क्यों चढ़ रिया था?
य... यह मेरा घर है साहब! पाइप भी मेरा है, इसलिए चढ़ रिया था।
झूठ बोलता है। तू जरूर चोरी करने इस मकान में जा रिया था।

अरे नहीं हवलदार जी ! यह घर सचमुच मेरा है। मेरी पत्नी जरा कड़क स्वभाव की है। रात को देर से आता हूं तो पीटकर रख देती है; इसलिए खिड़की के रास्ते सीधा अपने बेडरूम में जा रिया था।
पत्नी पीट देती है। ही-ही-ही !
इसमें हंसने की क्या बात है?
हंसने की तो बात ही है। मेरी पत्नी भी मुझे अक्सर पीट दिया करती है, बेलन से। ही-ही-ही !
यह बात है। ही-ही-ही-- हा-हा-हा !
हा-हा-हा !
फिर-
ओय चुप !
क... क्या हुआ जी?
हवलदार बहादुर को मूर्ख बनाना सरल नहीं है बच्चू। मैं पहले कन्फर्म करूंगा कि यह घर तेरा ही है या तू झूठ बोल रहा है।
ठीक है जी ! आप उस तरफ सीढ़ियों से ऊपर चले जाइये और मेरी पत्नी से कन्फर्म कर आइये कि मैं उसका पति हूं या नहीं।
हवलदार बहादुर ऊपर पहुंचे।
खट... खट...!
अगर उसने झूठ बोला होगा तो हवालात में बंद करके सड़ा दूंगा साले को।

तुरन्त ही दरवाजा खुला।
अरे... अरे...!
भीतर अंधेरा था।
आह... क... कौन है?
धाड़
आज इतनी पीकर आए हो कि आवाज भी बदल गई है। भुरकस निकाल दूंगी तुम्हारा।
ताड़
उफ!
ओय! मैं तेरा पति नहीं हूं, पुलिस हवलदार हूं।
कल पीकर आये थे तो खुद को प्रधानमंत्री बता रहे थे, आज हवलदार हो गये।
यह औरत बावली है। भागू यहां से।
कहां जा रहे हो, रुको।
मगर हवलदार टॉप गियर में भागे थे।
आज चम्पा कली ने बेलन नहीं बजाया था तो इस औरत ने पीट दिया। किस्मत ही खराब है साली।

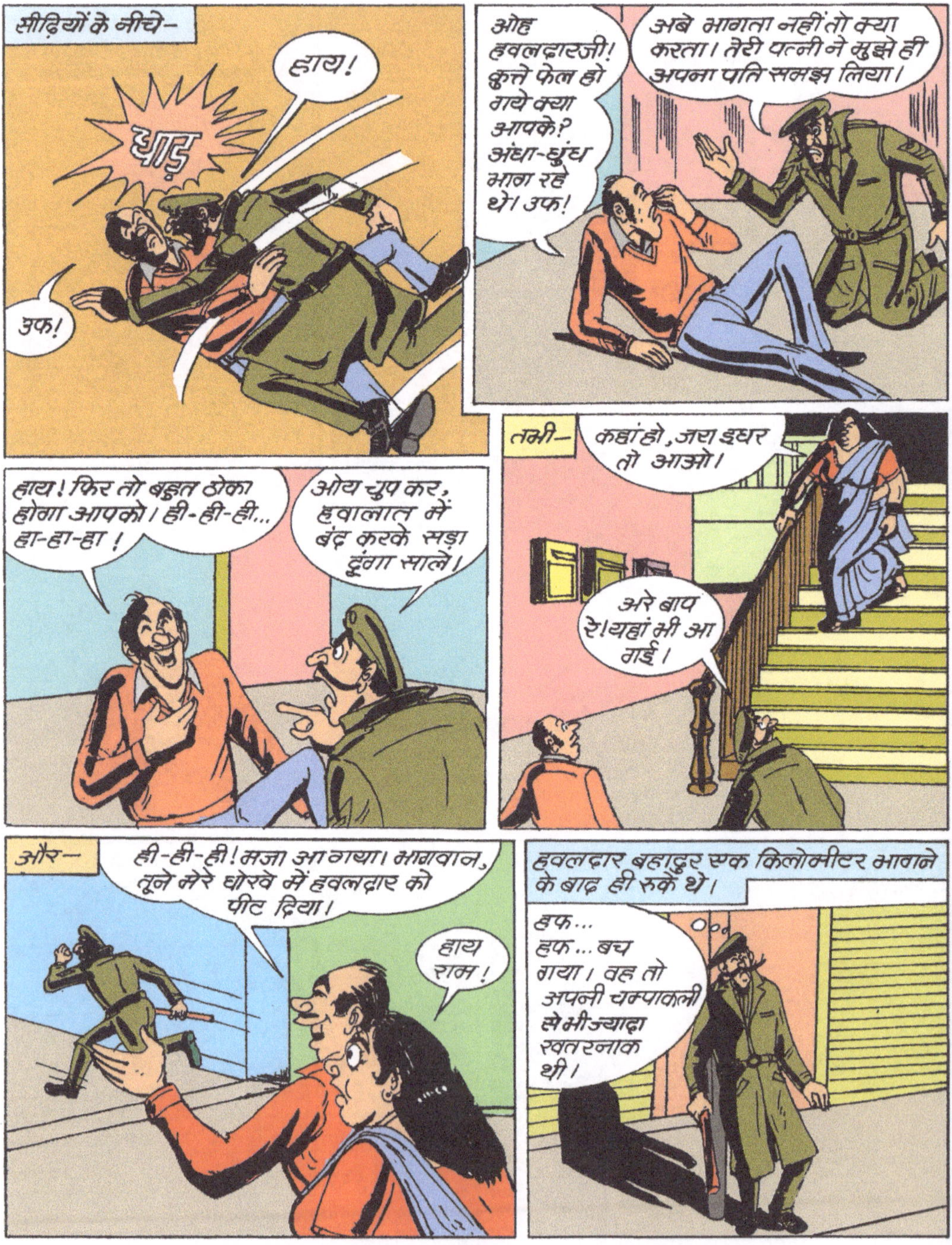
सीढ़ियों के नीचे–
हाय!
धाड़
उफ!
ओह हवलदारजी! कुत्ते फेल हो गये क्या आपके? अंधा-धुंध भाग रहे थे। उफ!
अबे भागता नहीं तो क्या करता। तेरी पत्नी ने मुझे ही अपना पति समझ लिया।
हाय! फिर तो बहुत ठोका होगा आपको। ही-ही-ही... हा-हा-हा!
ओय चुप कर, हवालात में बंद करके सड़ा दूंगा साले।
तभी–
कहां हो, जरा इधर तो आओ।
अरे बाप रे! यहां भी आ गई।
और–
ही-ही-ही! मजा आ गया। भगवान, तूने मेरे धोखे में हवलदार को पीट दिया।
हाय राम!
हवलदार बहादुर एक किलोमीटर भागने के बाद ही रुके थे।
हफ... हफ... बच गया। वह तो अपनी चम्पाकली से भी ज्यादा खतरनाक थी।

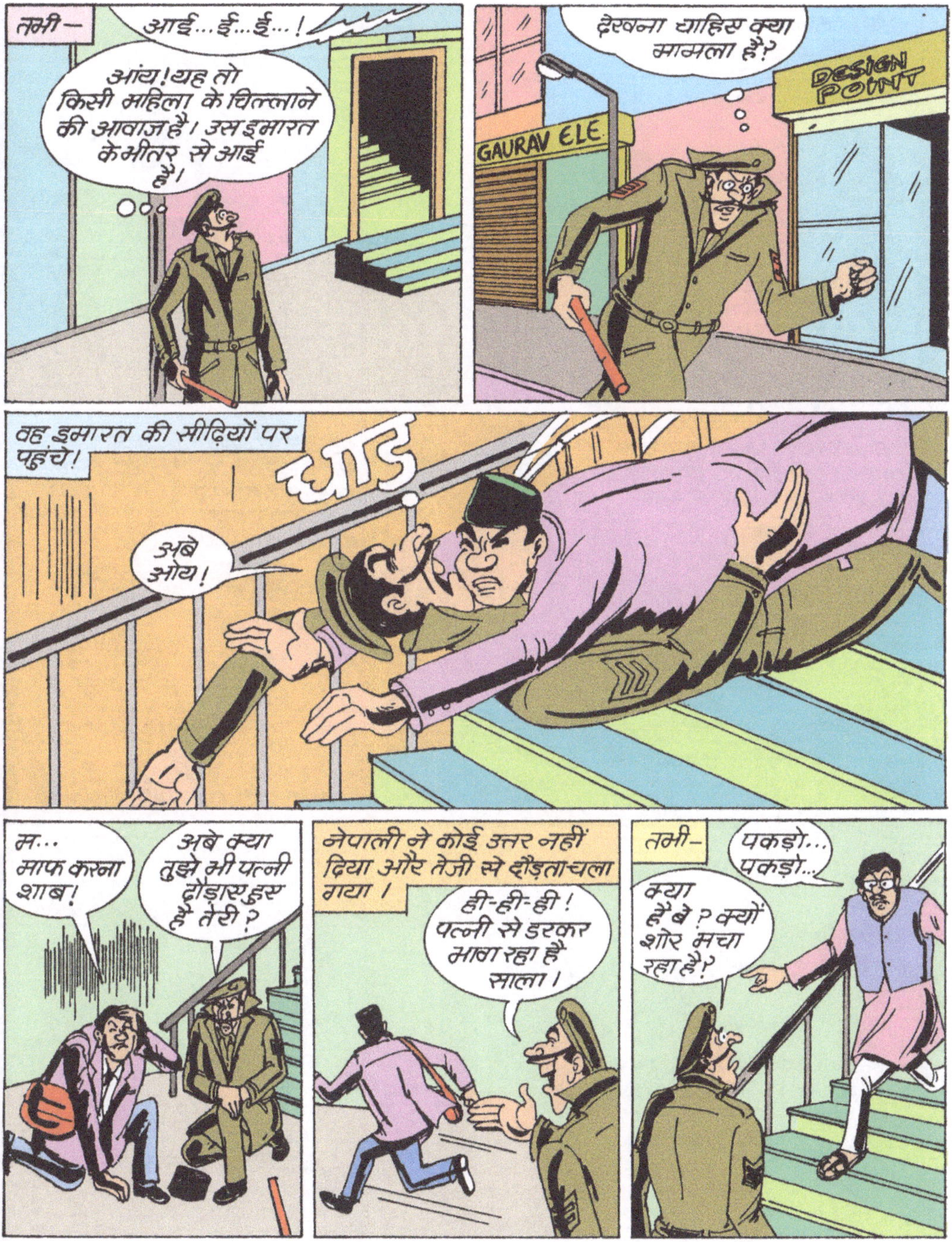
तभी—
आई...ई...ई...!
आंय! यह तो किसी महिला के चिल्लाने की आवाज है। उस इमारत के भीतर से आई है।
देखना चाहिए क्या मामला है?
GAURAV ELE
DESIGN POINT
वह इमारत की सीढ़ियों पर पहुंचे!
धाड़
अबे ओय!
म... माफ करना शाब!
अबे क्या तुझे भी पत्नी दौड़ाए हुए है तेरी?
नेपाली ने कोई उत्तर नहीं दिया और तेजी से दौड़ता चला गया।
ही-ही-ही! पत्नी से डरकर भाग रहा है साला।
तभी—
पकड़ो... पकड़ो...
क्या है बे? क्यों शोर मचा रहा है?

ओह! हवलदार जी! वह नेपाली खून करके भागा है।
खून?
हां जी, पकड़ो उसे।
मगर वह तो भाग गया। मैं तो समझा था उसकी पत्नी ने दौड़ा रखा है उसे।
उस व्यक्ति के साथ हवलदार बहादुर ऊपर पहुंचे।
आइये हवलदार जी! देखिए, दो खून किए हैं उसने।
अरे बाप रे!
वह इनका नौकर था, मगर आज इन्हें मारकर और इनके जेवर तथा नकदी लेकर भाग गया है।
हवालात में बंद करके सड़ा दूंगा साले को।
तभी—
आऽऽऽह!
ओह! माताजी तो अभी जीवित हैं।
मैं फोन करके एम्बुलेंस बुलाता हूं।
कुछ देर बाद इंस्पेक्टर खड्गसिंह भी पहुंच गया था। महिला को उठवाकर अस्पताल भेज दिया गया था, जबकि पुरुष की मृत्यु हो चुकी थी।
आप कौन हैं जी?
मैं इनका पड़ोसी हूं। रामप्रसाद नाम है मेरा।

रामप्रसाद ने बताया कि भागते हुए कातिल को हवलदार बहादुर ने भी देखा था।
तुमने देखा था?
हां साहब! हमसे टकरा गया था साला।
तो तुमने पकड़ा क्यों नहीं? क्या तुम्हें वह संदिग्ध नहीं लगा था?
लगा था जी! मगर उससे पहले भी मैंने एक संदिग्ध व्यक्ति को पकड़ा था, मगर उसकी पत्नी ने मुझे बहुत ठोका, इसलिए...।
शटअप, बिल्कुल बेवकूफ हो।
ही-ही-ही! साहब जी! अगर उस औरत ने आपको...
...ठोका होता तो यह बात न कहते आप। ही-ही-ही!
ओ शटअप यू इडियट। अफसर से बात करने की तमीज नहीं है तुम्हें।
हो गया बावला। ही-ही-ही!
म... माफी साहब!
तफतीश करने से और घायल महिला के बयान से यह स्पष्ट हुआ कि कातिल का नाम कुंदन थापा था। वह नेपाल के एक गांव का रहने वाला था और दो महीने से इस दम्पति के यहां नौकरी कर रहा था। खड्गसिंह ने कमिश्नर साहब को रिपोर्ट दी।
कुंदन थापा लगभग एक लाख रुपये के जेवर लेकर भागा है सर!
लेकिन वह गया कहां?
मुझे जो सुराग मिला है, उससे लगता है कि थापा नेपाल चला गया है सर!
तो उसे नेपाल जाकर गिरफ्तार करो। वहां की पुलिस की मदद लो।

ठीक है सर ! मैं खुद ही नेपाल चला जाता हूं।
हवलदार बहादुर को भी साथ ले जाओ। उसने थापा को देखा था, पहचानने में आसानी रहेगी।
खड़गसिंह, हवलदार बहादुर को ले जाना तो नहीं चाहता था, मगर कमिश्नर का आदेश था, इसलिए इंकार नहीं कर सका।
नेपाल जाने की खबर सुनकर हवलदार बहादुर आपे से बाहर हो चुके थे।
ओय चम्पाकली! वह सूट भी ले आ, जो शादी पर तेरे बाप ने मुझे सिलवाकर दिया था।
तुम वहां कातिल को पकड़ने जा रहे हो या छैला बनकर घूमने?
ही-ही-ही! तू तो जलकर कबाब हुई जा रही है। मेरा नेपाल जाना तुझे अच्छा नहीं लग रहा शायद?
जले मेरी जूती। मेरी तरफ से तुम नेपाल क्या, भाड़ में जाओ।
शाम को एयरपोर्ट पर–
साहब ! मैं पहली बार हवाई जहाज में बैठूंगा। सुना है, बहुत डर लगता है, जब जहाज उड़ता है।
कोई डर-वर नहीं लगता। तुम बस चुपचाप बैठे रहना।
गेट से भीतर जाते हुए–
एक्सकमीन...!
जी...!
उफ, हवलदार बहादुर ! अंग्रेजी नहीं आती तो बोलते क्यों हो? एक्सकमीन नहीं एक्सक्यूज मी होता है।
ही-ही-ही ! गलती लग गई थी, वरना मेरी अंग्रेजी बुरी नहीं है।

हवलदार पर ठंड का भी थोड़ा असर हो गया था। विमान तक पहुंचते-पहुंचते उन्हें छींकें आने लगी थीं।
आंछी....
बेवकूफ!
उनको एक विदेशी महिला के निकट सीट मिली थी।
हैलो मैडम... आर यू आल राइट?ही-ही-ही-ही!
यस...यस... आई एम फाइन।
तुम अंग्रेजी झाड़ना बंद नहीं करोगे। यह क्या तरीका था हैलो कहने का?
सफर में यही तरीका होता है साहब! साथ वाले यात्रियों से मिल-जुलकर रहना चाहिए... आंछी...।
आंछी...
तभी–
यात्रियों से निवेदन है कि अपनी सीट बेल्ट बांध लें। कुछ ही देर में विमान उड़ान भरेगा।
ओह! म...मुझे तो डर लग रहा है साहब!
पेटी बांधो और चुप होकर बैठ जाओ। समझे।
स... समझ गया।
विमान ने जब उड़ान भरी—
ओह! बु... हु... हु ...ही...ही... ही... हा... हा...हा...हा... हु...हू... हु...!
क्या हो रहा है?

प...पेट में गुदगुदी हो रही है। ही-ही-ही-ही-हा-हा-हा!
मुंह बंद करो। फ्लाइट नॉर्मल होते ही सब ठीक हो जायेगा।
कुछ क्षण बाद फ्लाइट नॉर्मल हो गई। यात्रियों ने बेल्ट खोल डाली। हवलदार बहादुर ने भी एक लम्बी सांस ली और—
आंछी...।
ओह, व्हाट नानसेंस...!
ही-ही-ही... छींक थी...जी...एक और आ... आंछी...।
ओह! यू आर सफरिंग फ्रॉम कोल्ड।
ही-ही-ही! नो, आई एम सफरिंग फ्रॉम इंडिया।
व्हाट?
उफ! हवलदार! वह कह रही है कि तुम्हें ठंड लग गई है और तुम...।
म... मैं यह समझा, वह पूछ रही है कि मैं कहां से सफर कर रहा हूं?
कुछ क्षण बाद हवलदार फिर महिला की ओर झुक गये।
बतखें...।
व्हाट...?

म... म... मेरा मतलब है, ही-ही-ही ! आई मीन टू से योर...।
व्हाट योर?
कुछ सोचकर उन्होंने बत्तख का अंग्रेजी उच्चारण करते हुए वाक्य पूरा कर दिया।
योर बटक्स आर वैरी ब्यूटीफुल मैडम ! ही-ही-ही !
व्हाट नानसेंस यू आर टॉकिंग?
हवलदार कहना चाहते थे कि आपकी बत्तखें बहुत सुन्दर हैं, मगर वह बत्तख की अंग्रेजी भूल गये थे।
खड़गसिंह बीच में न पड़ता तो वह विदेशी महिला हवलदार बहादुर का मुंह नोच लेती।
स... सॉरी मैडम ! दिस मैन इज नाट ए नॉर्मल ह्यूमन बीइंग, समथिंग रांग इज इन दिस ब्रेन।
हवलदार! तुम मेरी सीट पर बैठो।
फूल फैलोज।
काठमांडू पहुंचकर भी हवलदार बहादुर की हरकतों में कोई फर्क नहीं आया था। एयरपोर्ट से बाहर निकलते ही उन्होंने एक नेपाली युवक को दबोच लिया।
अरे... अरे...!
AIR PO
??
यही है साहब !
इससे पहले कि खड़गसिंह कुछ कह पाते, नेपाली ने हवलदार को ठोककर रख दिया।
ढिशुम
आह!

बदतमीज़।
आई...
ई...
ई!
स्टॉप इट, क्या हो रहा है यह?
यह आदमी पागल है शाला।
साहब! आह...!
क्या हुआ था हवलदार बहादुर?
साहब! यह वही कातिल है। मैंने इसे पहचान लिया है।
इर्द-गिर्द लोग इकट्ठे हो गये थे।
कातिल! क्या बकवास है यह? मैं शरीफ आदमी हूं। यहीं एयरपोर्ट पर काम करता हूं।
वहां खड़े कुछ लोगों ने भी युवक की बातों की पुष्टि की थी कि वह एयरपोर्ट का कर्मचारी है।
खड़गसिंह ने किसी तरह मामले को संभाला और हवलदार को साथ लेकर टैक्सी में आ बैठा।
गधे हो तुम। एक शरीफ आदमी को कातिल बना दिया।
गलती हो गई साहब! मगर वह कातिल बिल्कुल उसी जैसा था।
नेपालियों के चेहरों में काफी समानता होती है गधे। तुम्हें ध्यान से देखना तो चाहिए था पहले।
आगे से देखूंगा साहब!

होटल में सामान वगैरह रखने के बाद दोनों काठमांडू पुलिस के हैडक्वार्टर पहुंचे और इंचार्ज अधिकारी को अपने आने का कारण बताया।
हम आपकी पूरी सहायता करेंगे इंस्पेक्टर!
थैंक्यू!
आप तो हमें बस यह बता दीजिए कि वह ससुरा कुन्दन थापा कहां मिलेगा? उसके बाद तो हम खुद उसे पकड़ लेंगे और हवालात में बंद करके सड़ा देंगे साले को।
हा...हा...हा! काफी दिलचस्प आदमी है यह।
हवलदार! प्लीज, चुप रहो तुम।
बस जी, ऐसे ही हैं यह। क्या आप सचमुच हमारी कुछ सहायता कर सकते हैं?
सहायता जरूर करेंगे। वैसे आजकल हम भी एक परेशानी में हैं। यहां के विश्व प्रसिद्ध कसीनो यानी जुआघर में कुछ विचित्र वारदातें हुई हैं।
वारदातें?
जी हां, पिछले एक सप्ताह से कुछ ऐसा हो रहा है कि कसीनो से जो भी विदेशी पर्यटक लम्बी रकम जीतकर जाता है, कुछ देर बाद शहर की किसी गली में बेहोश पड़ा मिलता है। उसकी रकम भी गायब कर दी जाती है।
यह मामला तो सचमुच गम्भीर है।
हां, बदमाशों का कोई ऐसा गिरोह यह वारदातें कर रहा है, जो कसीनो में सक्रिय रहता है। उन लोगों को पता रहता है कि किस आदमी ने रकम जीती है। विदेशी पर्यटकों का मामला है, हम पर ऊपर से बहुत दबाव पड़ रहा है।

अगले दिन दोपहर को होटल में नेपाली पुलिस अधिकारी का फोन आ गया।
इंस्पेक्टर खड़गसिंह! हमने कुन्दन थापा का पता लगा लिया है। वह अपने गांव में ही है। आप हमारे सिपाहियों को साथ लेकर उसे गिरफ्तार कर सकते हैं।
खड़गसिंह जाने के लिए तैयार हुआ तो –
हम भी चल रहे हैं न साहब!
नहीं। कमिश्नर साहब के कहने से मैं तुम्हें ले आया था, मगर मुझे तुम्हारी जरूरत नहीं है। तुम यहां तफरीह करो, थापा को मैं खुद पकड़ लाऊंगा।
हवलदार बहादुर को खड़गसिंह के साथ न जाने का दुःख नहीं हुआ था। उसके जाने के बाद वह तफरीह के लिए निकल पड़े।
अच्छा हुआ खड़गसिंह मुझे साथ नहीं ले गया। उसके पीछे मैं आराम से सैर करूंगा और चम्पाकली के लिए कोई उपहार खरीदूंगा।
यहां चम्पाकली के लिए कोई चीज मिल जाएगी।
GIFT HOUSE
देखो बेटा! यह जैक इन दी बॉक्स की तरह का खिलौना है। दोस्तों से मजाक करने के लिए बेहतरीन चीज है।
शूं...!

यह तो बढ़िया चीज है। चम्पाकली से मजाक करूंगा। ही... ही... ही!
भइया! यह एक हमें भी दे दो। क्या कहते हैं इसे?
जैक इन दी बॉक्स। आप इसे पंच इन दी बॉक्स भी कह सकते हैं।
हवलदार बहादुर ने खिलौना खरीद लिया और कुछ देर घूमने के बाद अपने होटल वापस लौट आए।
यहां के कसीनो की बड़ी तारीफ सुनी है। आज रात वहां भी जाऊंगा।
कुछ देर बाद बेयरा चाय लेकर आया।
शाब! चाय...!
यहां ले आओ।
बेयरा चाय रखकर जाने लगा तो हवलदार को खुराफात सूझी।
अरे! सुनो जरा, वह डिब्बा उठाओ। उसमें बिस्कुट हैं; निकाल दो।
ही... ही!
अच्छा शाब!
बेयरे ने डिब्बा खोला—
आंय...!
ढिशुम
ही... ही... ही! मजा आ गया।

यह क्या था शाब? गुर्र... गुर्र...!
नाराज़ क्यों हो रिया है प्यारे! मजाक कर दिया था तुझसे। रख दे डिब्बा वहीं और दौड़ जा।
बदतमीज आदमी। शाला, ग्राहक न होता तो थोबड़ा तोड़ देता इसका।
ही-ही-ही! मजा आ गया।
रात को हवलदार कसीनो जाने के लिए तैयार हुए।
यह सूट शादी पर पहना था। उसके बाद आज पहन रहा हूं। बड़ा जंच रहा हूं मैं। ही-ही-ही!
पर्सनल्टी को और जमाने के लिए उन्होंने सिगार भी मंगाकर मुंह में दबाया।
आज बीड़ी की जगह यह चुरुट चलेगा।
CASINO
टैक्सी लेकर वह कसीनो पहुंच गये।
सलाम शाब!
ठीक है ठीक है।
ENTERTAINMENT YOU CAN BEAT
Casino

ओह! यहां तो हर तरफ जुआ चल रहा है। भारत होता तो सारे जुआरियों को हवालात में बंद करके सड़ा दिया जाता।
वह घूमते हुए एक मशीन के निकट पहुंचे, जहां एक भारतीय युवक खेल रहा था।
इसमें सिक्का क्यों डाल रहे हो भइया?
अगर मेरा नम्बर लग गया तो एक सिक्के के बदले सौ सिक्के देगी यह मशीन।
और उसका नम्बर लग गया।
वह मारा, मैं जीत गया।
अरे बाप रे! एक के बदले इतने सारे।
हटो तुम। मैं भी खेलूंगा।
धक्का क्यों देते हो भाई?
ले भई मशीन। दे दे मुझे भी सौ सिक्के। ही-ही-ही!
मगर उनका नम्बर नहीं लगा। मशीन चालू हुई और फिर बंद हो गयी।

ओय, मेरा सिक्का कहां गया?
गया वह तो! हा-हा-हा!
दूसरा सिक्का डालिये। शायद किस्मत इस बार साथ दे दे।
हवलदार अपनी किस्मत काफी देर तक आजमाते रहे और साठ रुपये हार गये।
हू... हू... हू...! यह क्या हो गया? बहुत पैसे हार दिए मैंने।
मशीन पर किस्मत आपका साथ नहीं दे रही। कोई और गेम खेलिए, शायद जीत जाएं।
एक टेबल पर ताश द्वारा जुआ हो रहा था। हवलदार वहां जा खड़े हुए।
मेरी ब्लाइण्ड।
मेरी भी...!
यह लो।
कुछ देर बाद एक व्यक्ति जीत गया।
हा-हा-हा!
हजारों रुपये जीत गया साला...
... यह खेल बढ़िया है।
ओय हटो, मैं भी खेलूंगा।

हवलदार उनमें से एक जुआरी की कुर्सी में जा बैठा। उन लोगों ने उस के लिए भी पत्ते बांट दिये।
सौ रुपये की चाल! ही-ही-ही!
अच्छा।
एक मेरी भी।
कुछ देर बाद सामने वाले खिलाड़ी ने शो कराया।
देखो, बादशाह, बेगम और सत्ता। ही-ही-ही! जीतूं?
जी नहीं। आपके बादशाह, बेगम के लिए मेरा यह इक्का काफी है।
ओह! मैं तो चार सौ रुपये हार गया।
फिर खेलिए। इस बार आप जरूर जीतेंगे।
दोबारा पत्ते बांटे गये।
इस बार जरा लम्बी चाल चलिए जनाब!
चलेंगे-चलेंगे।
रोनी से कह दो कि वह जिस बंदे के साथ खेल रहा है, वह हमारे लिए फिट है, उसे ही जिताए।
अच्छा।

उधर इंस्पेक्टर खड्गसिंह स्थानीय पुलिस के साथ कुन्दन थापा के गांव पहुंच चुका था और रात के समय उसे गिरफ्तार करने की तैयारी में था।
यही कुन्दन थापा का मकान है।
तो आप लोग मकान को घेर लीजिए। मैं अकेला जाकर उसे बाहर बुलाता हूं।
ठीक है।
कुछ क्षण बाद—
क्या बात है?
मुझे कुन्दन थापा से मिलना है।
पुलिस ने मकान को घेर लिया। खड्गसिंह ने जाकर दरवाजे पर दस्तक दी।
बंदा खतरनाक है। होशियार रहना होगा।
खट
लेकिन आप हैं कौन?
सवाल मत पूछो। थापा को बाहर बुलाओ।

तभी भीतर से एक पुरुष स्वर ने पूछा।
कौन है राजी!
प...पता नहीं... तुम बाहर मत आना।
खड्गसिंह ने महिला को एक ओर धकेला और भीतर घुस गया।
ओह! कुन्दन, भाग जाओ।
अचानक...
ढिशुम
आह!
कौन है तू?
यही है कुन्दन थापा! मैं इसका फोटो देख चुका हूं।
मैं तुम्हें गिरफ्तार करने आया हूं थापा!

ओह! तो भारतीय पुलिस यहां पहुंच गई है, मगर तुम थापा को गिरफ्तार नहीं कर सकोगे।
खड्गसिंह ने बहुत होशियारी से उसके वार को रोका और—
ढिशुम
आह!
धाड़
आई...
इंस्पेक्टर के एक और भरपूर वार से कुन्दन थापा जमीन पर जा गिरा—
ओफ!
धाड़
खड्गसिंह ने जेब से पिस्तौल निकाल लिया।
अब हिलना मत। यू आर अण्डर अरेस्ट।
थापा ने घबराकर हाथ ऊपर उठा दिये थे।
उधर कसीनो में हवलदार बहादुर पर किस्मत मेहरबान हो रही थी। उनके सामने नोटों का ढेर लग चुका था और वह लगातार जीतते ही जा रहे थे।
मैं फिर जीत गया। ही-ही-ही!

महाशय! आपने काफी रकम जीत ली है।
तो तुझे क्या तकलीफ है भाई! जब मैं हार रहा था तब तो तेरे पेट में दर्द नहीं उठा था।
आप गलत समझे। आपकी जीत से मुझे तो खुशी हुई है। माचिस होगी आपके पास?
हां है।
उसे माचिस देने के बाद हवलदार फिर खेल में लग गये थे।
अगले आधे घण्टे में उन्होंने कुछ और रकम जीती। अब उनके पास लगभग बीस हजार रुपये थे।
बस भई! अब हम खेल चुके।
आपकी मर्जी।
रकम जेब में रखकर हवलदार उठे। सामने से एक शराबी लड़खड़ाता हुआ आ रहा था।
धाड़
अबे अंधा है क्या?
अंधा होगा तेरा बाप। जान से मार दूंगा साले।
ओय बन्दर की औलाद! मैं बड़ा कड़क आदमी हूं।

और हवलदार ने उसके झापड़ रसीद कर दिया।
दांत तोड़ दूंगा।
तड़ाक
उई... मां... मां...!
शराबी उनसे लिपट गया।
हॉल में शोर मच गया।
व्हाट नानसेंस!
रोको इन्हें।
लड़ाई हो गई है।
तुरन्त ही कसीनो के चार सुरक्षा गार्ड आ पहुंचे।
मुझे क्यों पकड़ रहे हो? झगड़ा उसने किया था।
इसने मुझे थप्पड़ मारा था।
हम यहां लड़ाई-झगड़ा सहन नहीं करते मिस्टर! चलो तुम!
मेरी बात तो सुनो।

मगर गार्ड्स ने उसके चारों हाथ-पांव पकड़कर लटका लिया और बाहर की ओर चल दिये।
अबे यह क्या... छोड़ो मुझे।
बाहर खड़े दरबान ने आवाज लगाकर एक टैक्सी बुला ली थी। हवलदार को टैक्सी में ठूंस दिया गया।
चले जाओ। दोबारा कसीनो में दिखाई दिये तो हड्डियां तोड़ दी जाएंगी।
ड्राइवर ने पहले टैक्सी आगे बढ़ाई, फिर पूछा।
कहां पहुंचाऊं शाब जी?
हवलदार बहादुर ने चुपचाप अपने होटल का पता बता दिया था।
कसीनो से एक और कार टैक्सी के पीछे रवाना हुई थी, जिसे वही नेपाली ड्राइव कर रहा था, जिसके आदेश पर हवलदार को रकम जिताई गई थी।
गार्ड्स ने टैक्सी में सवार कराके मेरा काम खराब कर दिया है।
नोटों की गर्मी के कारण खुशी से झूमते हुए हवलदार बहादुर अपने होटल के कमरे में प्रविष्ट हुए।
बहुत रकम जीत लाया हूं। कल सुबह चम्पा-कली के लिए बढ़िया तोहफे खरीदूंगा।
अपना माल यहां सुरक्षित रहेगा।

रकम छुपाने के बाद वह कपड़े बदले बिना ही बिस्तर पर लेट गये थे। कुछ देर बाद -
खट-खट-
कौन है बे?
किसी ने जवाब नहीं दिया तो उन्होंने जाकर दरवाजा खोला।
कौन है... ओह!
अबे ओय, यह क्या बदतमीजी है?
चुप रहो, वरना गोली मार दूंगा।
ग... गोली... मगर क्यों मार देगा? मैंने क्या भैंस चुराई है तेरी?
तुमने शायद मुझे पहचाना नहीं। कसीनो में मैंने ही तुम्हें खेलने का मशवरा दिया था और मेरे ही इशारे पर तुम इतनी बड़ी रकम जीतने में सफल हुए हो।
तेरे इशारे पर... क्या मतलब?
मतलब यह है कि जिस टेबल पर तुम खेल रहे थे, उस पर हमारा एक पत्ते लगाने वाला साथी भी खेल रहा था और उसी ने पत्ते लगाकर तुम्हें दूसरे लोगों से रकम जिताई है। हमारा काम करने का यही तरीका है। हमारे आदमी खुद नहीं जीतते, क्योंकि इससे बेईमानी पकड़े जाने का खतरा होता है। हम तुम्हारे जैसे मूर्खों को जितवाते हैं और बाद में उनसे रकम छीन लेते हैं।

ओह! तुम उस गिरोह के सदस्य हो, जो कई दिनों से ऐसी वारदातें कर रहा है?
हां। अगर तुम्हें कसीनो के गार्ड्स ने टैक्सी में सवार न कराया होता तो तुम इस कमरे तक भी नहीं पहुंचते। मैं रास्ते में ही तुम्हें पकड़कर रकम छीन लेता।
अबे चल, बड़ा आया छीनने वाला। मैं एक पैसा नहीं दूंगा।
गोली अन्दर करके दम बाहर कर दूंगा। निकाल रकम।
नहीं दूंगा।
तो मुझे तेरी और इस कमरे की तलाशी लेनी पड़ेगी। चल, इधर बिस्तर पर जाकर बैठ जा।
हवलदार बिस्तर पर आ बैठे और उनके खुराफाती दिमाग ने एक अक्ल की बात सोच ली।
सुन भाई! अगर मैं तुझे रकम दे दूं, फिर तो मुझे गोली नहीं मारेगा?
फिर क्यों मारूंगा। अपनी रकम लेकर मैं अपना रास्ता लूंगा।
अच्छा, तो रकम इस डिब्बे में है। निकाल ले और रास्ता ले अपना।
इस डिब्बे में।

नेपाली ने लपककर डिब्बा उठाया और उसे खोला।
ढिशुम
ओह!
हवलदार ने फुर्ती दिखाई और रिवाल्वर उसके हाथ से छीन लिया और—
खोपड़ी तोड़ दूंगा!
धाड़
आह!
बेहोश हो गया साला। मेरी रकम छीनने आया था।
तभी—
कौन है?
खट... खट... खट...

पुलिस। दरवाजा खोलो।
गुडमैन दी लालटेन। ठीक समय पर आई है पुलिस। बिल्कुल भारतीय फिल्मों की तरह।
उन्होंने दरवाजा खोला।
त... तुम...
यस... आप ठीक तो हैं।
मैं तो ठीक हूं, मगर तुम यहां क्यों आए हो? जरूर तुम भी उन्हीं बदमाशों के साथी हो, गोली मार दूंगा।
अरे नहीं भाई! मैं सचमुच पुलिस वाला हूं।
युवक ने जल्दी से जेब में हाथ डालकर अपना परिचय-पत्र निकाल लिया।
यह देखो, मैं सी.आई.डी. इंस्पेक्टर हूं।
अरे हां, तुम तो हमारी ही बिरादरी के हो, मगर क्या तुम्हें पता था कि बदमाश हमें मारने आयेंगे?
कसीनो में तुम्हें जीतते देखकर मुझे शक हुआ था कि तुम किसी साजिश का शिकार हो रहे हो और जब तुम्हें कसीनो से बाहर फेंका गया तो मुझे डर हुआ कि अब बदमाश तुम्हें पकड़ लेंगे।
ही-ही-ही! हम भी पुलिस वाले हैं भाई! उल्टा हमने ही उस बदमाश को पकड़ लिया है।

हवलदार उसे भीतर ले आये।
वैरी गुड! तुमने तो इसे बेहोश कर दिया है।
हां, मवार यह तो हमारा पीछा करते हुए यहां पहुंचा था, लेकिन तुम्हें कैसे पता चला कि हम यहां रहते हैं?
तुमने कसीनो में मुझे जो माचिस दी थी, वह इसी होटल वालों ने बनाई थी। माचिस पर होटल का पता छपा हुआ था। बस, मैं यहां पहुंच गया और नीचे काउंटर पर तुम्हारा हुलिया बताया तो तुम्हारे कमरे का नम्बर मालूम हो गया।
वेरी गुड, वेरी गुड। तुम भी हमारी तरह ही तेज दिमाग के आदमी हो। ही-ही-ही!
सुबह को खड़गसिंह भी वापस आ गया था। जब वह पुलिस अधिकारी से मिला—
इंस्पेक्टर खड़गसिंह! आपका हवलदार कमाल का आदमी है। कल रात उसने बदमाशों के उस गिरोह को गिरफ्तार करा दिया, जो हमारे लिए सिरदर्द बना हुआ था। नेपाल पुलिस ने आपके हवलदार को प्रशंसा-पत्र और एक बड़ा इनाम देने की घोषणा की है।
क्या कह रहे हैं आप?
खड़गसिंह का मुंह हैरत से खुला रह गया था।
ही-ही-ही-हा-हा-हा! पाठको! आपने खड़गसिंह की हालत देखी। हैरत के कारण आंखें बाहर आ गई थीं ससुरे की। अब आप ही बताइये कि हम उसे यह क्यों बतायें कि बदमाशों को हमने नहीं ढूंढ़ा था, बल्कि बदमाशों ने हमें खुद ढूंढ़ लिया था और हमने उसकी खटिया खड़ी कर दी। बेचारा खड़गसिंह! ही-ही-ही-हा-हा-हा!
समाप्त
आगामी अंक में पढ़िए हवलदार बहादुर का एक और रोचक कारनामा—
हवलदार बहादुर और चमत्कारी अंडा

क्यों पाठको, पहचाना कौन है चम्पाकली की गोद में? अगर नहीं, तो हम बताते हैं। यह हैं आपके प्रिय हवलदार बहादुर। क्यों, हो गए न हैरान? कैसे हुआ यह? जानने के लिए पढ़ें 'कीप साइलेंस' का उल्लंघन करता और हास्य की सभी सीमाओं को तोड़ता हुआ विशेषांक—

हवलदार बहादुर और डा. सपड़ा

पहचानिए—हवलदार बहादुर के कॉमिक्स के खलनायकों को